사람들 가슴엔
별이 살고 있다

사람들 가슴엔
별이 살고 있다

초판 1쇄 인쇄 2024년 11월 13일
초판 1쇄 발행 2024년 11월 20일

지은이 | 김옥림
펴낸이 | 임종관
펴낸곳 | 미래북
디자인 | 디자인 [연:우]
등록 | 제 302-2003-000026호
주소 | 경기도 고양시 덕양구 삼원로73 고양원흥 한일 윈스타 1405호
전화 031)964-1227(대) | 팩스 031)964-1228
이메일 miraebook@hotmail.com

ISBN 979-11-92073-64-4 (03800)

사람들 가슴엔

별이

김옥림 시집

살고 있다

미래북
miraebook

시인의 말

시를 쓸 수 있다는 것은
참으로 값지고 높고 의연한 축복이다.
축복으로 차린 시의 성찬을
시를 사랑하는 사람들과 함께
먹고 마시고 신나게 즐기고 싶다.

김옥림

차례

1

사랑하는
사람

2

사람들 가슴엔
별이 살고 있다

3

무소의 뿔처럼
가라

4

말의
꽃

5

사랑이 나에게
가르쳐 준 것들

6

겨울
나무

1
사랑하는
사람

보면
볼수록 예뻐지는 꽃

가까이하면 할수록
더욱 향기로운 꽃

만났다 헤어지는 순간
두고두고 생각나는 꽃

늘,
곁에 두고 바라보고 싶은 꽃

사랑하는 사람

보면
볼수록 예뻐지는 꽃

가까이하면 할수록
더욱 향기로운 꽃

만났다 헤어지는 순간
두고두고 생각나는 꽃

늘,
곁에 두고 바라보고 싶은 꽃

맑은 날 나는

맑은 날 나는,
한 그루 사과나무가 되고 싶다.

사과나무가 되어
삶에 지친 이들에게
알이 실한 사과와 그윽한 향기를
골고루 나누어주고 싶다.

맑은 날 나는,
한 그루 사랑나무가 되고 싶다.

사랑의 나무가 되어
노래가 되고, 시가 되고, 별이 되어
나보다 더 외로운 이들에게
사랑의 꿈이 되어주고 싶다.

그늘 한 점

무더운 여름날,

나무가 만든
시원한 그늘 한 점은 사랑입니다.

우리에게도
그런 사랑이 필요하고,

그런
사랑이 되어야 합니다.

너

너를
도저히
사랑하지
않을 수 없었다.

너를
사랑할 수밖에
없는 것은,

나의
숙명이라는 것을
알았기 때문이다.

우리가 태어나기 전에
이미 우리는
하나의 사랑이었으므로.

한 번만
더 말해주세요

오늘 사랑하는 이가
당신 곁에서 웃고 있을 때
한 번만 더
사랑한다고 말해주세요.

오늘 사랑하는 이와 함께
푸른 하늘을 바라볼 수 있음에
한 번만 더
고맙다고 말해주세요.

오늘 사랑하는 이에게
마음 아프게 한 일이 있다면
한 번만 더
미안하다고 말해주세요.

지금 이 순간 사랑하는 이가
당신 곁에 있다는 것은

그것만으로도
눈물이 날 만큼 감사한 일이지요.

사랑하는 이의 얼굴을
날마다 바라볼 수 있음에
한 번만 더
사랑한다고 고맙다고
미안하고 감사하다고 말해주세요.

겨울 정동진

저녁놀빛 물들 듯 겨울이 오면
그대여, 무작정 정동진으로 가라.
물빛이 서럽도록 곱고 고와서
보고만 있어도 마냥 가슴이 따뜻해지는
정동진 겨울 바다

싸리꽃 이파리 날리듯 겨울이 오면
그대여, 정동진으로 가라.
떨어지는 태양 빛이 하도 맑아서
그리운 이 해맑은 미소 같은 정동진 바다

달무리 지듯 겨울이 오면
그대여, 정동진으로 가라.
바람의 숨결을 느낄수록 풋풋해지는
사랑하는 이 맑은 눈빛을 닮은
정동진 겨울바다

누군가의 사랑이 그리운 날엔
그대여, 정동진으로 가라.
눈 끝이 시리도록 바라만 봐도
하염없이 사랑스러운 정동진 바다

겨울이 오면 정동진 바다는 들뜨기 시작한다.
자신을 찾아와 줄 사람들을
목마르게 기다리고 있는 자신을,
정동진 겨울바다는 아는 것이다.

바람나무

바람 부는 날이면
네가 생각난다.

바람 앞에 흔들리는
꽃잎처럼
하얗게 미소 짓던 너

달빛 고고한 밤
바람 부는 날이면 더욱,
네가 생각난다.

내 영혼의 꽃밭에
언제나 홀로 청청한 너

너는 한시도
내 영혼을 떠난 적이 없다.
그 언제나 내 영혼의 숲에서
바람나무로 서 있다.

봄비 그리고 첫사랑

내 나이 열여섯 그때

첫사랑,
해맑은 눈망울 같은 봄비가
하루 종일
내 마음을 적신다.

꿈결처럼 아득해지는 그리움

사랑의 봄비가 되어
첫사랑,
그때로 스며들고 싶다.

생명의 서書

어둠을 헤치고
빛나는 저 태양처럼
나 또한 나의 사랑 앞에
찬란한 태양이고 싶다.

어둠을 밀어내고
달려오는 저 햇살처럼
나 또한 나의 생 앞에
꺾이지 않는 생명의 불꽃이고 싶다.

태양은 어둠으로 더욱 빛나고
어둠은 태양으로 빛이 되었다.

나 또한 나의 사랑 앞에
나의 생 앞에
그 무엇에도 젖지 않고 빛나는
한 줄기 생명의 빛이고 싶다.

노을

누구의 사랑을 못 잊어
저렇게 붉게 타고 있을까.
애끓는 그리움이 그려 놓은
붉은 유화 한 점

사랑의 별

내 마음의 별이 되어
당신은
한시도 쉼 없이 반짝입니다.

가장
아름답게 피는 사랑

서두르지 않을 때

사랑은

가장 아름답게 피어난다.

첫 만남

곱다.

맑다.

청초한 꽃 한 송이여,

환하다.

마냥, 환하다.

별

너를 보면

맑은

사랑을 하고 싶다.

꽃이 사랑받는 건

자갈밭이든 음지에서든
메마르고 척박한 땅에서도 꽃은 핀다.

진정으로 강한 것은
물이든 공기든 부드럽고 유연하다.

꽃이 약하지만 강한 것은
부드럽고 유연하고
자신을 드러내지 않으면서도
향기를 전해주기 때문이다.

사막에서든 산비탈이든 시궁창이든
그 어디에서든 꽃은 핀다.

꽃이 사랑받는 건
자신의 고통을 딛고
사랑으로 피어나기 때문이다.

바흐와 무반주 첼로

햇살 좋은 가을날 오후,
바흐의 무반주 첼로를 들으며
돌체 라떼를 마신다.

낮고 장엄한 첼로 선율을 따라
생각을 걷다 보면
거대한 철학의 숲에 든 듯
마음 저 깊은 곳으로부터 전율이 인다.

나 하나의 시와
나 하나의 노래와
나 하나의 꿈과
그리고 그대에게 가 닿고 싶은 내 깊은 울림,

이 숙명 같은 존재의 이름이여,

커피를 마시며
바흐의 무반주 첼로를 듣는 날은

나도 커피도
첼로의 선율이 된다.

슬픔의 힘

슬픔도 때론
힘이 될 때가 있다.

가슴이 메어져 눈물이 날 때
뼛속 깊이 억제하지 못할 고통이
통증으로 스며들 때

울음 울다 기진하여
쓰러진다 해도
그 슬픔을 감추지 마라.

슬픔도 때론
위안이 될 때가 있다.

사랑하는 이들이 전혀 위안이
되지 아니할 때
깊은 슬픔에 잠겨
눈물의 강을 건너보라.

스스로를 딛고
일어설 수 있을 때까지
그 슬픔을 사랑하라.

가끔씩

아무리 눈물겨운
삶일지라도
가끔씩 하늘을 보라.

못 견디게 삶이 그대를
외면할 때라도
가끔씩 가장 소중했던 기억
한 다발씩 꽃으로 엮어
푸른 강물에 띄워보자.

우리 가는 이 길이
어차피 예정된
길이라 할지라도

가끔씩 그 자리에 서서
눈을 감고
자신을 가만히 들여다보자.

가끔씩 가끔씩은
그렇게 살자.

흔들려야 하는 까닭

흔들리지 않는 건 꽃이 아니야.
꽃은 흔들리면서 피고
향기를 뿜어내지.
가만히 피는 꽃은 없어.
작은 바람 큰 바람 앞에
흔들리면서 피는 게 꽃이지.
흔들리지 않는 건
바위든 벽이든 돌이든
숨 쉬지 못하는 것뿐이지.
생명이 있는 것들은
사람이든 꽃이든 나무든 풀이든
흔들리면서 크고
흔들리면서 제 길을 가고 오지.
흔들리는 것은 살아 있다는 것,
살아 있는 건 모두 흔들리며
온기를 뿜어내지.

2

사람들 가슴엔
별이 살고 있다

사람들 가슴마다엔
새하얀 별이 반짝인다.

별이 반짝이는 가슴은
오월 햇살처럼 따뜻하다.

가슴에서
별을 잃어버린 사람들은
캄차카 반도
일월 날씨처럼 쓸쓸하다.

반짝이는 별을
품고 사는 사람들을 보면
사월 가문비나무처럼
푸릇푸릇하다.

사람들 가슴엔 별이 살고 있다.
반짝이는 별을 가슴에 품고 살자.
별이 떠나가지 않게
서로의 가슴을
꼬옥 품어주며 살자.

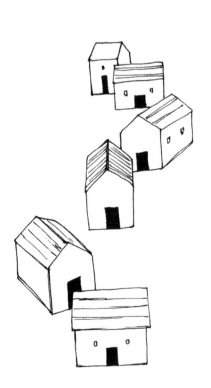

밤하늘이
아름다운 것은

밤하늘이 아름다운 것은

별들이 서로를

다독다독

밝게 비추어 주기 때문이다.

찬비 내리는 들녘에서

누렇게 마른 풀잎이
늦가을 찬비에 젖는다.

저것들도 한 때는
푸름을 한껏 드러내어
인간들이 사는 메마른 땅을 위해
뜨거운 햇살을 맞으며
한 생애를
뜨겁게 뜨겁게 살았다.

마치,
뜻을 이룬
구도자의 모습이다.

나는 누군가에
진정으로
뜨거운 적이 있었는가.

찬비 내리는 늦가을 들녘을 걷다,
무릇
생각에 젖는다.

사람들 가슴엔
별이 살고 있다

사람들 가슴마다엔
새하얀 별이 반짝인다.

별이 반짝이는 가슴은
오월 햇살처럼 따뜻하다.

가슴에서
별을 잃어버린 사람들은
캄차카 반도
일월 날씨처럼 쓸쓸하다.

반짝이는 별을
품고 사는 사람들을 보면
사월 가문비나무처럼
푸릇푸릇하다.

사람들 가슴엔 별이 살고 있다.
반짝이는 별을 가슴에 품고 살자.

별이 떠나가지 않게
서로의 가슴을
꼬옥 품어주며 살자.

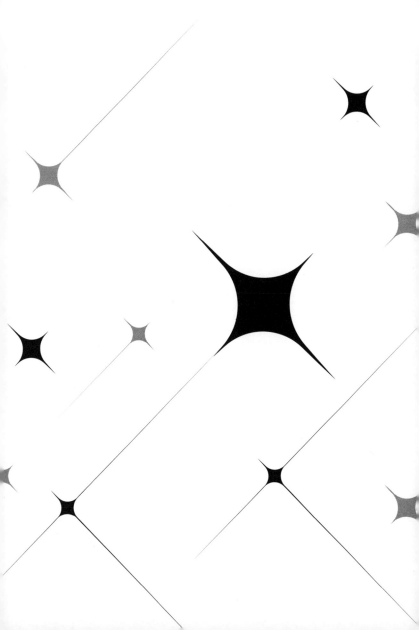

겨울 그리고 봄

겨울을

이긴

봄은 따뜻하다.

네가 먼저 그렇게 하라

사랑스런 사람을 만나고 싶다면
네가 먼저 사랑스런 사람이 되어라.

웃음이 예쁜 사람을 만나고 싶다면
네가 먼저 예쁜 웃음을 웃어주어라.

매너가 좋은 사람을 만나고 싶다면
네가 먼저 멋진 매너를 보여주어라.

정이 많은 따뜻한 사람을 만나고 싶다면
네가 먼저 따뜻한 정을 베풀어라.

덕이 있는 사람을 만나고 싶다면
네가 먼저 후덕한 덕을 갖추어라.

사람은 누구나 자기가 하는 대로
똑같은 사람과 만나게 되나니,

좋은 사람을 만나고 싶다면
네가 먼저 품격 있는 좋은 사람이 되어라.

따뜻한 별 하나 갖고 싶다

별을 보면
이 세상 모든 슬픔과 아픔을
어루만져 다독여 줄 것만 같다.

시시때때로
나도 모르게 시린 가슴이 될 땐
야윈 두 뺨 위에 흘러내리는
차가운 눈물을 닦아 줄
따뜻한 별 하나 갖고 싶다.

별을 보면
이 세상 모든 사랑과 평화를
따스하게 품어 안고 있을 것만 같다.

내 사랑이 모자라
사랑하는 이가 눈물을 보일 때나
내 이기심이
사랑하는 이를 분노하게 할 땐

허허로운 내 빈 가슴을 가득 채워 줄
따뜻한 별 하나 갖고 싶다.

별을 보면
새 하얗게 반짝이는 별이 되어
내가 사랑하는 모든 이들에게
죽어서도 사라지지 않을
따뜻한 별 하나 남기고 싶다.

사랑 2

서로가
모자라기에 그리운 것이
서로가 갈망하기에
안타까운 것이

주어도 주어도
받아도
받아도
언제나
목마른 아픔

내 삶의 존재 방식

데카르트는 생각하기 때문에
존재한다고 했지만,
글쓰기는 내가 살아있음을 가장
확실하게 느끼는 존재의 근원이다.

천형처럼 거부할 수 없는 슬픔도,
피해 갈 수 없는 고독도
나의 글쓰기를 어쩌지 못한다.

때때로 천지사방이
캄캄하게 저려 오는 이 길에서
쓰러지지 않고 버틸 수 있는 건
운명처럼 달고 사는 글쓰기의 힘이다.

글쓰기는 내 목숨을 이어가게 하는
내 생명의 젖줄이며,
나를 가장 확실하게 들여다보게 하는
내 삶의 존재 방식이다.

우리가 기다림 끝에서도
잊지 못하는 것은

우리가 삶의 뒤편
기다림 끝에서도
내일을 태양처럼 잊지 못하는 것은

아직은 못다 핀 소망의 꽃이
보이지 않는 그 순간까지도
우리를 기다리기 때문이다.

누군가의 생애에
의미가 된다는 것은

누군가의 가슴에 지워지지 않는
이름으로 남는다는 것은
참으로 싱그러운 축복입니다.

누군가의 기억 속에 향기 짙은
추억으로 기억된다는 것은
너무도 아름다운 은총입니다.

누군가의 눈동자에 맑은 이슬 같은
그리움으로 남는다는 것은
가슴 저미도록 깊고 아련한 사랑입니다.

누군가의 생애에
의미 있는 인생이 된다는 것은
참 높고 창대한 미덕입니다.

별을 바라보는 마음으로

별을 바라보는 마음으로
그대를 바라보면
그대 또한 해맑은 별이 됩니다.

별을 꿈꾸는 마음으로
그대를 그려보면
그대 또한 눈부신 별이 됩니다.

별을 사랑하는 마음으로
그대를 헤아려 보면
그대 또한 별을 사랑하는 마음으로
나를 사랑합니다.

사랑은 영원히 타오르는 불꽃
사랑은 그 언제까지나
시들지 않는 영혼의 향기

별을 헤아리는 마음으로

그대를 바라보면
그대 또한 별을 헤아리는 그 사랑으로
나를 사랑합니다.

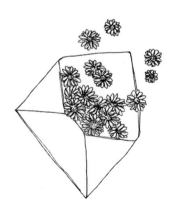

아무렇지도 않게 행복한 날

살아가다 보면
그냥,
아무렇지도 않게 행복한 날이 있다.

보는 것마다 다 예뻐 보이고,
듣는 것마다 다 노래 같이 들린다.

만나는 사람마다 다 즐거워 보이고,
하는 것마다 다 잘 된다.

그런 날은

그냥,
아무렇지도 않게 행복하다.

풀꽃을 닮은 사람

산과 들에 아무렇게나 피어 있는 풀꽃
그리 예쁠 것도 없고 향기 또한 없지만,
풀꽃이 아름다운 것은
나무와 꽃, 산과 들의 푸른 배경이 되어
있는 듯 없는 듯
제 몸을 아낌없이 내어주기 때문이다.
이처럼 진실로 아름다운 것들은
자신을 드러내지 않고
소리 없이 묵묵히 제 몫을 다한다.
그런 까닭에 풀꽃을 닮은 사람을 보면
아무렇지도 않게 그냥 기분이 좋아진다.
그래서 그가 누구든
가만히 다가가 두 손을 꼭 잡아주고 싶다.

맑은 사랑

햇살이 맑은 날은 햇살이 되고,
바람이 좋은 날은 바람이 되어라.

비가 좋은 날은 비가 되고,
눈이 좋은 날은 눈이 되어라.

그러나
전율이 일도록 사랑하고 싶은 날은
그 모두를 다 잊고,

맑은 사랑이 되어라.

삶의 별들은 따뜻하다

사랑이 없다면
세상은 얼마나 적막할까.

사랑하는 사람이 없다면
세상은 얼마나 쓸쓸할까.

세상이 적막하지 않은 것은
사랑이 있기 때문이다.

세상이 아름다운 것은
사랑하는 사람이 있기 때문이다.

사랑,
사랑이 있고, 사랑하는 사람이 있어,

삶의 별들은 따뜻하다.

너를 꽃이 되게 하라

꽃은 자신을 아름답다 말하지 않는다.
다만, 사람들이 아름답다 말할 뿐
진정으로 아름다운 것은
있는 듯 없는 듯 무심한 듯 보여도
그 속에 향기를 품고 있어
아름다움을 느끼게 하는 것이다.
아름답게 살길 원하는가.
그렇다면 꽃이 무심한 듯 아름다운 것처럼
너를 향기 품은 꽃이 되게 하라.

언제나 꽃은

꽃은 우는 적이 없다.

비가 오나
거센 바람이 휘몰아치거나
뜨거운 태양 아래에서도
꽃은
웃음을 잃지 않는다.

울면 꽃이 아니다.

언제나 웃어야 꽃이다.

시처럼 너를 살아라

네 가슴을 맑고 촉촉하게 하라.

서정의 강물에 네 마음을 적셔라.

네가 하는 생각, 하는 말, 하는 행동 하나하나가

향기를 품은 꽃처럼 향기롭게 하라.

네 가슴이 녹슬지 않게

늘 맑고 고운 시향詩香이 풍기게 하라.

그리하여 너는 시가 되고

네가 사는 일이 향기 나는 노래가 되게 하라.

젊다는 것은

젊다는 것은
생각만으로도 불끈불끈 힘이 솟는 것,

젊다는 것은
그 자체만으로도 희망이 되고 꿈이 되는 것,

젊다는 것은
그 말만으로도 푸릇푸릇 기쁨이 솟아나는 것,

젊다는 것은
그 하나만으로도 그 얼마나 생동감 넘치고
역동적이며 넘치는 축복인가.

젊음을 불필요한 것에 낭비하지마라.
젊을 때 맘껏 젊음을 사랑하고 즐거이 하라.

젊다는 것은
그 무엇으로도 살 수 없는 인생의 보석이다.

사랑한다는 것은

사랑한다는 것은 나를 내려놓는 일이다.

사랑한다는 것은 아픔을 함께 하는 일이다.

사랑한다는 것은 미움을 걷어내는 일이다.

사랑한다는 것은 고통을 나누는 일이다.

사랑한다는 것은 사랑하는 이를 받쳐주는 일이다.

사랑한다는 것은 욕심을 비우는 일이다.

사랑한다는 것은 마음을 나누는 일이다.

사랑한다는 것은 나를 비우는 일이다.

사랑한다는 것은 행복을 꽃 피우는 일이다.

사랑한다는 것은 무無를 유有로 만드는 일이다.

3

무소의 뿔처럼

가라

어제는 오늘을 몰랐던 것처럼
내일도 잘 알 수 없지만
삶은,
늘 그렇게 지내왔고 그래서 미래는
언제나 신비롭고 영롱하다.

오늘 하늘은 맑고 푸르지만
내일은 그 하늘을 영원히 못 볼지도 모른다.

그래도 오늘 하루는
당신에게 주어진 일에 묵묵히 정성을 다하라.

오늘을 마지막인 것처럼
무소의 뿔처럼 그렇게 자신의 길을 가라.

가슴을 울리는
한 편의 시

사랑하는 사람은 멋진 한 편의 시랍니다.

시를 읽는 순간순간
가슴은 불같이 뜨거워지고
한 번 솟은 불길은
좀처럼 사그라질 줄 모릅니다.

사랑하는 사람은 아름다운 한 편의 시랍니다.

시를 읽어가는 동안
마음은 촉촉이 젖어 들고
한 번 젖어 든 감동은
쉬 사라지지 않고 물결을 이룹니다.

사랑하는 사람은 소망의 한 편의 시랍니다.

시를 읽는 내내
마알간 꿈이 새록새록 피어나

한 번 피어난 꿈은
온몸과 마음을 푸르게 반짝입니다.

읽고, 읽고, 또 읽어도
언제나 감흥을 불러일으키는 한 편의 시,
사랑하는 사람은 이 세상의 모든 것이자 전부인
오직, 단 하나뿐인 사랑의 시랍니다.

새

한 마리

목청 좋은 새가 되어

날마다 너를 위해

영원히 지지 않을

생명의 노래이고 싶다.

그냥 좋다

그냥,
널 생각하는 것만으로도
좋다.

그냥,
네 목소리 듣는 것만으로도
널 만난 듯 반갑다.

그냥,
너와 함께 한다는 것만으로도
하염없이 하염없이
참,
좋다.

나

나는 세상에서 단 하나뿐인 존재입니다.
생김새도, 개성도, 좋아하는 것도, 싫어하는 것도
모두가 나를 위한 것이지요.

나는 너가 될 수 없고, 너는 내가 될 수 없지요.
잘나도 못나도
내가 될 수 있는 것은 오직 나뿐이니까요.

그렇습니다.
이 세상에 나는 나뿐이지요.
그 누구도 내가 될 수 없습니다.
그러니 내가 얼마나 소중한 존재인지요.

나를 사는 거예요.
그러니 남을 부러워하지 마세요.
나는,
나 자체로서 이미 충분한 존재이니까요.

내 인생의 시

너는
내 인생의 한 편의 시

너를
읽을 때마다 감동에 젖고,

너를
쓸 때마다 너는 내 숨결이 된다.

너는
온몸과 마음을 다해 읽고 써야 할

내 운명의 한 편의 시

가까이 있을 땐

가까이 있을 땐 너무 가까이 있는 까닭에
이것이 그리움인 줄 몰랐습니다.

늘, 그대가 내 곁에 있다고 믿었기에
호흡을 느끼며 속삭일 때 늘 그러했으므로
이것이 사랑인 줄 몰랐습니다.

늘, 그대가 나와 함께 한다는 그 생각으로
캄캄한 밤하늘 아래 마주 앉아서 별을 헤이며
도란도란 시간 가는 줄 몰랐을 때에도
언제나 그러했기에 이것이 숙명인 줄 몰랐습니다.

늘, 그대가 내 주변에 있다고 믿었기에
잠자는 그 시간의 흐름 속에서도
밤마다 꿈길에서 그대를 만날 수 있었기에
이것이 현실인 줄 몰랐습니다.

늘, 그대가 내 곁에 있다고 믿었기에
가까이 있을 땐 너무 가까이 있는 까닭에
호흡을 느끼고 속삭일 땐 늘 그러했으므로,

캄캄한 밤
별 헤이며 시간 가는 줄 몰랐을 때에도
언제나 그러했기에
이것이 외로움인 줄 몰랐습니다.

누구나 자신만의
인생이 있다

너무 많은 것을 바라지 말고 살아.

잘하려고 너무 애쓰지 말고,

조급해 하지도 말고,

멀리 내다보고 살아.

천천히 가도 괜찮아.

꾸준히 가다 보면 원하는 곳에 이르게 돼.

그리고 누구처럼 살려고 애쓰지 마.

그냥 너만의 너를 살아.

그러면 돼.

지금껏 살아보니

누구나 자신만의 인생이 있더군.

참 좋은 날

사랑하기 참 좋은 날이다.

이토록 맑은 날

누군가를 사랑한다는 것은 축복이다.

눈부신 시간 속에서

한 점 부끄럼 없는 마음으로

사랑하고 사랑을 말하고 싶다.

사랑하고 싶은 가슴이

내게 남아 있다는 것에 감사한다.

사랑하기 참 좋은 가을날이다.

함께 하고 싶다

멋진 길을 만나면
사랑하는 사람과 다리가 아플 때까지
함께 걷고 싶다.

맛있는 음식을 보면
사랑하는 사람과 배가 부르도록
함께 먹고 싶다.

재밌는 영화 프로그램이 눈에 띄면
사랑하는 사람과 어깨를 기댄 채
함께 보고 싶다.

내게 넘치도록 고마운 일이나
기쁜 일이 있으면
사랑하는 사람과 웃고 떠들며 마냥
함께 즐기고 싶다.

무소의 뿔처럼 가라

어제는 오늘을 몰랐던 것처럼
내일도 잘 알 수 없지만
삶은,
늘 그렇게 지내왔고 그래서 미래는
언제나 신비롭고 영롱하다.

오늘 하늘은 맑고 푸르지만
내일은 그 하늘을 영원히 못 볼지도 모른다.

그래도 오늘 하루는
당신에게 주어진 일에 묵묵히 정성을 다하라.

오늘을 마지막인 것처럼
무소의 뿔처럼 그렇게 자신의 길을 가라.

사랑

사랑은 가장 위대한 시詩이다.

그 집 앞

나 어릴 적
그 집 앞을 지나치려면
발길은 보이지 않는 그 무엇에 이끌려
한참을 서성거렸다.

소녀는 무엇을 하는지 보이질 않고
반쯤 열린 창으로
바람만 제 집인 양 들락거렸다.

한때 나도 바람이 되고 싶었다.
소녀를 가까이할 수 있다면
바람이 되어도 좋았던 적 있었다.

소녀는 포스터의 오 수제너를 좋아했다.
소녀가 부르는 오 수제너는
내 발길을 그 집 앞으로 다다르게 했다.

소녀는 한 송이 목화꽃처럼 맑았다.

너무 맑고 희어 아기 달님이
하늘에서 내려왔나 싶었다.

소녀가 가끔 나를 보고 웃어 줄 땐
어린 내 마음속에선
몇 날 며칠을 맑은 시냇물 소리가 들렸다.

술집에 나가는 젊은 엄마를 따라
서울서 온 소녀는
사슴처럼 눈이 맑아 늘 외로워 보였다.

나는 소녀의 어린 느티나무가 되고 싶어
늘 오가며 그 집 앞에
달빛 그림자처럼 기웃거렸다.

그 어린 시절 나의 서정이 무르익고
작은 사랑의 세계가 주렁주렁 열렸던
오고 가며 가슴 설레었던
눈꽃처럼 빛나던 그 집 앞.

보이는 것만
보려고 하지 마라

보이는 것만 보려고 하지 마라.

보이는 것만 보려고 하면
탐욕이란 손님이 주인행세를 한다.

모든 불행은
보이는 것만 보려고 하는 데서 온다.

안 보이는 것도 볼 수 있어야 한다.

그래야,
마음의 평정을 이뤄
불행으로부터 자유로울 수 있다.

누구나 다 그럴 때가 있지

1

인생을 살다 보면
누구나 다 그럴 때가 있지.

그러니까 한숨 지며
나는 왜 이 모양이야 라고 하지 마.
그건 네 생각일 뿐이야.

인생이란
해가 뜨고 비가 오고 바람이 불듯
행복할 때도 있고,
죽을 만큼 힘들 때도 있고,
뼛속 깊이 사무치게 외로울 때도 있지.

그러니 너만 그렇다고 생각하지 마.
살다 보면, 살아가다 보면
그냥 누구나 다 겪는 일일 뿐이야.

2

인생을 살다 보면
누구나 다 그럴 때가 있지.

그러니까 눈물지며
나는 무슨 죄가 많아서 이럴까라고 하지 마.
단지, 그건 네 생각일 뿐이니까.

인생이란
해가 뜨고 눈이 오고 폭풍이 치듯
숨 막히게 기쁠 때도 있고,
눈앞이 캄캄할 때도 있고
못 견디게 절망스러울 때도 있지.

그러니 너만 그렇다고 비관하지 마.
인생이란 돌고 도는 바람개비처럼
맑은 날이다가 흐린 날이다가 그러는 거야.

3

인생을 살다 보면

누구나 다 그럴 때가 있지.

그럼, 인생은 다 그런 거지.

그러니까 지금부터는
너무 큰 것을 바라지 마.
너무 멋진 것을 꿈꾸고 기대하지 마.
그냥 지금 이 순간 네게 주어진 대로
감사하며 사는 거야.

그렇게 살다 보면 어느 순간
그래도 인생은 살만하다는 걸 느끼게 돼.

그러면 된 거야
그것만으로도 충분히 잘 살고 있다는 거니까.

그래, 그렇게 사는 거야.
작은 일에도 감사해하며
네 곁에 있는 사람들을 소중하게 여기며
하루하루를 네 인생에 감사하며 사는 거야.

꽃이 되는 말

말에도 꽃이 되는 말이 있습니다.

나는 당신이 참 좋습니다.
나는 당신이 있어 참 행복합니다.

나는 당신만 보면 용기가 생깁니다.
나는 당신만 생각하면 마냥 좋습니다.

당신은 나의 희망입니다.
당신은 나의 사랑입니다.

당신을 만난 건 내 인생 최고의 축복입니다.

이런 말을 들을 땐 마음 가득 꽃이 핍니다.
기쁨의 향기가 하루 종일 가득 넘쳐납니다.

그런 사람이고 싶다

말없이 바라만 보아도
흐뭇해지는 사람이 있다.
곁에 있는 것만으로도
위안이 되는 사람이 있다.
웃어주는 것만으로도
마음이 풍요로워지는 사람이 있다.
만날 때마다 처음 본 듯
상큼해지는 사람이 있다.
만났다 돌아서는 순간
이내 그리워지는 사람이 있다.
목소리만 들어도 불끈
힘이 솟는 사람이 있다.
보면 볼수록 새록새록
정이 깊어가는 사람이 있다.
내 가진 것 주고 또 주어도
자꾸만 주고 싶은 사람이 있다.
누군가에게 이상이 되어 주는 사람
누군가가 앉아 쉴 수 있는

편안하고 안락한 의자 같은 사람
누군가의 인생에 무더운 한여름 낮
시원하게 쏟아져 내리는 단비 같은 사람
그런 사람이고 싶다.

아침햇살 같은 사람

그 사람만 떠올려도
공연히 날아갈 듯 상쾌해지고
마음이 비단결처럼 따뜻해지는
사슴처럼 눈이 맑은 사람

그 사람만 곁에 있어도
마냥 행복해지고
하나도 지루하지 않는
풋풋한 미소가 아름다운 사람

그 사람만 생각하면
그 언제까지나 함께 있고 싶어
마음이 들뜨고
늘 처음 본 듯 호감을 주는
부드럽고 속이 넉넉한 사람

그 사람만 가슴에 담고 있어도
부자가 된 듯 여유롭고

생애에 의미가 되어주는
꿋꿋한 소나무처럼 의연한 사람

그 사람만 보고 있어도
왠지 착하게 살고 싶고
그 어떤 시련이 닥쳐와도 두렵지 않은
용기와 꿈을 주는
아침햇살처럼 맑은 사람

우리는 서로에게
아침햇살 같은 사람이 되어야 하리니
너와 나와 우리가 하나 될 때
삶은 진정 따뜻하다.

4

말의

꽃

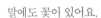

말에도 꽃이 있어요.

감사합니다.
고맙습니다.
미안합니다.
괜찮습니다.

상대방을 따뜻하게 배려하는 말,

참 좋은 말의 꽃이지요.

삶의 법칙

우리가 희망을
포기하지 않는 한

희망 또한
우리를 버리지 않는다.

세상의 모든 것들이
악기가 되듯

바람이 부는 날은
세상의 모든 것들은 악기가 된다.
전신주는 잉잉 쉬지 않고 줄을 튕기고
나뭇잎은 차르르 차르르르
세상의 창문들은 들크덩 들크덩
철모르는 강아지는 컹컹컹
바람 부는 날은 세상의 모든 것들이
자신이 살아있음을 증명이라도 하듯
저마다의 소리로 연주를 한다.
자신의 악기를 잃어버린 이처럼
슬픈 인생이 어디 또 있을까.
자신의 악기를 잃어버린 이들이여,
주저앉지 마라.
주저앉는 순간 다시는 일어나지
못할지도 모르나니 일어나 걸어가라.
일어나 걸어가다 보면
잃어버린 악기를 찾게 되리라.
그리하여 멈추었던 호흡이 되살아나듯

바람 부는 날 세상의 모든 것들이

악기가 되어 연주를 하듯

자신의 악기로 연주하는 기쁨이 되어라.

견디는 힘

광안대교를 화려하게
견디게 하는 것은
꼿꼿하게 바치고 선 교각이다.

부석사 무량수전을 고고하게
견디게 하는 것은
수백 년 묵은 싸리나무이다.

이 나라를 온갖 풍파에서
견디게 하는 것은
풀처럼 여리지만 강한 민중民衆의 결집이다.

견딘다는 건 스스로를 지켜낸다는 것
견딘다는 건 홀로 자신을 세운다는 것
그리하여 견딘다는 것은
그 어떤 흔들림 앞에서도
결코 쓰러지지 않는다는 것이다.

견디는 힘이란

전 생애를 떠받치고 가는

눈빛 맑은 영혼의 푸른 당나귀이다.

순응하는 법

풀은 바람에 맞서지 않고
순응함으로써
연약함을 넘어 꽃을 피운다.

나무는 비를 피하지 않고
온몸으로 받아들임으로써
생명의 숨결인 열매를 맺는다.

순응하는 것들은
제 몸을 굽힘으로써
제 모습대로 이어 나간다.

하지만 순응하지 못하는 것들은
사람이든 짐승이든 그 무엇이든
제 본질을 잃어버리고
비감하게 퇴락하고 만다.

순응은 지는 것이 아니다.
짐으로써 이기는 것이다.

혜화동 지하철에서

혜화동에서 충무로 가는
지하철 안에서
육십이 거반 되어 보이는
머리 희끗한 남자가
머리에 머리띠를 두르고
가방 가득 담긴 머리핀이며 옷핀을
투박한 손으로 가지런히 정리한다.
사람들 눈길이 화살처럼 날아가 박혀도
그런 것 따윈 안중에도 없다는 듯
손놀림이 몹시 경쾌하다.
그러는 중에도 언뜻언뜻 주위를 살핀다.
지하철 경찰이나 직원을 살피는 것이다.
산다는 건 누군가에겐 질리도록 넘쳐나고
또 다른 누군가엔
떨어지는 빗방울처럼 눈물겨운 것이다.

말의 꽃

1

말에도 꽃이 있어요.

감사합니다.
고맙습니다.
미안합니다.
괜찮습니다.

상대방을 따뜻하게 배려하는 말,

참 좋은 말의 꽃이지요.

2

말에도 꽃이 있어요.

힘들 때 용기를 주는 말

자신감이 없을 때 격려해 주는 말
슬프고 외로울 때 위로해 주는 말
기분을 좋게 하는 칭찬의 말
꿈의 씨앗을 키우는 희망을 주는 말

상대방에게 믿음을 주는 말,

참 좋은 말의 꽃이지요.

3

말에도 꽃이 있어요.

사랑합니다.
행복합니다.
응원합니다.
기도합니다.

상대방을 기쁘게 하는 말,

참 좋은 말의 꽃이지요.

집으로 가자

안개처럼 어둠이 내리는 저녁이 오면
사람들은 하루의 일상을 가지런히 하고
하나둘씩 불빛을 따라 집으로 간다.
거리는 쏟아져 나온 사람들로 들뜨기 시작한다.
차들도 한층 바삐 움직이고
거리마다 꽃등 같은 네온사인이 켜지고
아침을 시작하듯 활기찬 저녁이 열린다.
어떤 이들은 삼삼오오 식당으로 달려가고
어떤 이들은 아이들에게 줄 빵을 사기도 하고
아내에게 혹은 연인에게 줄 속옷을 사기도 하고
가족들이 둘러앉아 구워 먹을 삼겹살을 사기도 한다.
하루 종일 떨어져 있던 사랑하는 이들을 위해
어둠은 축복의 단비가 되어 내린다.
사랑하는 가족이 기다리는 집이 있다는 것은
눈물 나게 고맙고 감사한 일이다.
평범한 일상이지만 감사함을 잊고 산다는 것은
삶에 대한 불충이며 모독이다.
별들이 반짝이며 눈웃음치는 저녁이 오면

짜증 나고 마음 상한 일들은 쓰레기통에 던져버리고
집으로 가자, 눈빛이 아기 사슴처럼 맑은
사랑하는 사람들이 기다리는 집으로 어서 가자.

허공

구름 한 점 없이 맑다.
푸르다.
고요하다.

아, 텅 비어서 더 장엄하고
아름다운 하늘

새들이
꽃처럼 날개를 활짝 펴고
무리 지어 날아간다.

아, 비어서 더 엄숙하고
고고한 하늘

저녁이 오면

저녁이 오면
사람 사는 마을에 초롱꽃 보다
환한 꽃이 피는 건

학교로
일터로
떠났던 사랑하는 사람들마다

사랑을 안고
웃음을 안고

행복을 풀어 놓기 때문이다.

생이 깊어질수록

생이 깊어질수록 삶을
뜨겁게 뜨겁게 끌어안고 살자.
짜증 나고 화나는 일도 조금씩만 더 참고
미워하고 시기하는 일도 조금씩만 더 줄이고
사랑하는 사람들을 위해 기도하자.

남은 생이 짧아질수록
내가 하고 싶은 일을 조금만 더 신나게 하고
사랑하는 사람을
조금만 더 열정적으로 사랑하자.

생은 되돌아 흐르지 않는 강물처럼
한 번 가버리면 그만이지만
가는 세월도 되돌려 부둥켜안고
서로를 보듬어 용서하고 화해하고
조금만 더 즐기고 조금만 더 행복하게 살자.

생이 우리 곁을 떠나 저만치 멀어질수록

조금은 더 역동적으로
조금은 더 꿈을 꾸면서
조금은 더 의연하게 양보하며 살자.

생이 깊어질수록
눈물의 깊이는 더욱 깊어지는 것
그리하여 조금은 더 웃으며 손을 내밀어
지워도 지워도
다시 지우려 해도
지워지지 않는 사랑의 별이 되자.

문

베란다 문을 여는데
한 짐이나 무게가 느껴진다.
무슨 일인가 하여 보니
문틈에 쌀알만 한 티가 끼어 있다.
저 작은 것이 사르르 열리는 문을
한 짐의 무게로 늘려놓다니,
티를 떼어내자
손가락 하나로도 닫히는
이토록 가벼운 무게의 즐거움이여,
작은 티를 떼어내며 알았다.
누군가의 삶에 무게를 지운다는 것은
지독한 악덕惡德이라는 것을.

꿀벌의 설법說法

갑자기 추워진 날씨 때문일까
아침에 아파트 현관문을 여니 꿀벌 한 마리 죽어있다.
어쩌다 아파트 6층 우리 집까지 날아와 죽었을까.
가족도 없이 친구들도 없이
혼자 얼마나 무섭고 외로웠을까.

작은 몸 위로 햇살이 안개처럼 내리는 아침
꿀벌의 외로움 죽음 앞에
나의 아침은 경건함으로 엄숙하다.

앞으로 남은 나의 길을 조금은 더 겸허하게
조금은 더 사랑하는 마음으로 조금은 더 배려하면서
살아 있는 모든 것들을
소중히 여기며 살아야 함을 다시금 깨닫는다.

죽음 앞엔 사람이든 꿀벌이든 평등하다는 것을
가르쳐 준 무언의 설법자여,
순간,

치열하게 살았을 작은 몸이 반짝반짝 빛난다.

진다는 것은

꽃이 진다는 것은
낙엽이 진다는 것은
해가 진다는 것은
별이 진다는 것은

진다는 것은 사라진다는 것,

그러나
사라짐을 두려워 마라.
사라짐을 슬퍼하지도 말며
안타까움에 젖어
흐느끼며 절망하지 마라.

진다는 것은 다시 태어난다는 것,

꽃을 보라.
흔적 없이 사라졌다가도
봄에 다시 흔들리며 피어나질 않은가.

진다는 것은 소멸을 말하지 않는다.

진다는 것은

새로운 부활을 기약하는

햇살 같은 내일을 이름이다.

아픈 사랑

신이 인간에게 부여한 최고의 선물,
사랑

홀로인 우리는 저마다
한 쪽 가슴에 사랑을 품고 있다.

그리하여 홀로인 것은 불완전한 것
다른 한 쪽 가슴을 만나야
비로소 완전한 가슴이 되는 것

그러나
완전한 가슴이 되기 위해서는
아픔도 눈물도 뛰어 넘어야 한다.

그 어떤 사랑도
아프지 않은 사랑은 없다.

아파야 사랑이다.

그래야 참 행복을 만나게 되는 것

아프면서 자라는 게 사랑이다.

나는 얼마나 더
깊어져야 하는 걸까

내 입에서
노래가 사라지는 날

내 가슴에서
사랑이 멀어지는 날

내 입은
노래가 하고 싶다는 걸

내 가슴은
다시 사랑을 원한다는 걸

그리하여
노래 없이 살 수 없다는 걸

그리하고 그리하여
사랑 없인 홀로 아득해진다는 걸

나는 얼마나 더 깊어져야 하는 걸까.

오늘 이 길을 가면서
문득, 나는
돌이켜 다시금 깨닫는다.

거리의 간격이
우리를 슬프게 한다

사람과 사람 사이에는
일정한 거리가 있다.
가까이 있으면서
더는 가까이 갈 수 없는 거리

그 거리로 인해 사람들은
저마다 슬픔을 지니고 산다.
그러나 그 거리를
좁혀야 한다는 것을 알고 있음에도
서로의 사이를 완고하게
가로막고 있는 거리

사람 사이에는
더는 좁힐 수 없는 거리가 있다.
가까이 있음에도
천리만리처럼 느껴지는 그 거리의 간격
그 간격으로 사람들은 저마다의 가슴에
섬 하나 띄우고 살아간다.

우리는 무엇을 위해
오늘의 하늘을 바라보고 땅에 발 디디며
때론 눈물 떨구고
또 때론 미친 듯이 웃어야 하는가.

사람과 사람 사이를 가로막고 있는 거리
손에 닿을 듯 뜨거운 호흡을 느끼면서도
먼 나라 사람 같은
서먹함을 느껴야만 하는 거리
그 거리의 간격이 우리를 슬프게 한다.

우리의 의무는
그 거리를 좁히는 데 있다.
좀 더 가까이 다가가 하나가 되어
느끼고 울고 웃으면서
비로소 내가 아닌 진정한 너가 되어
서로의 가슴에
떠 있는 섬을 지워버려야 한다.

꽃보다 아름다운 마음

주는 마음은
사랑의 마음
아름다운 꽃과 같은
향기로운 마음

받는 마음은
감사의 마음
고맙습니다, 라고 말하는
공손한 마음

감사한 마음은
환한 빛의 마음
상대방을 향한
온유한 마음

겸허한 마음은
낮아지는 마음
상대방을 높여주는

존중의 마음

사랑하는 마음은
베푸는 마음
베푸는 마음은
기쁨의 마음

주는 마음 받는 마음
모두 모두
고맙고 환한 빛의 마음

뜨거운 것에 대하여

햇살 화사한 날
아카시아꽃 사랑을 독차지하려는
벌들의 싸움이 치열하다, 못해
살기가 돈다.

아카시아꽃 사랑에 취한 벌들은
이성을 잃은 지 이미 오래다.
치고받는 꼴이 가히 폭력적이다.
아카시아꽃은 그럴수록 더욱 유유하다.

시간이 지날수록
벌들의 싸움은 더욱 뜨겁게
후끈 달아오른다.

저 뜨거운 열정의 몸부림,
저 넘치는 생동감 좀 봐.

아, 사랑은 저토록 뜨거운 것이리라.

죽음도 불사할 만큼

사랑은 때론 목숨을 거는 것이리라.

절벽 앞에서

살다 보면
수천 길 까마득한 절벽 앞에
서 있는 듯한
막연함을 마주할 때가 있다.

나가고 싶어도
더는 나갈 수 없는 캄캄한 절절함

그러나 갈 수 없는
절벽을 건너가는 길은 있다.

그것은 절대로
자신을 포기하지 않는 것이다.

뿌리의 힘

커다란 소나무가 거대한 바위에
뿌리를 박고 하늘을 향해 우뚝 서있다.
빈틈 하나 없는 저 견고한 바위를 뚫은 것은
단단한 정도 아니고 굴삭기도 아닌
한 없이 연약하고 부드러운 뿌리인 것을.
소리 없이 흐르는 물과 눈에 보이지 않는 공기,
그리고 아기 손가락 같은 풀꽃처럼
세상의 강한 것은 모두 나무뿌리를 닮았다.
자신을 드러내기 위해 목에 힘줄을 세우지 마라.
자신을 과시하기 위해 눈에 힘을 주고
어깨를 뻣뻣이 들고 거들먹거리지 마라.
정작 강한 것들은 있는 듯 없는 듯
눈에 보이지도 않고 관심도 끌지 못하는 것들이니
커다란 바위에 뿌리를 박고 우뚝 선 저 소나무를 보라.
누가 소나무를 연약하다 말하겠느냐.
그 누가 소나무를 하찮게 여기겠느냐.
마음에 새기고 기억하라.
진실로 강하기를 바란다면 부드러워져야 한다는

것을.

　한없이 자신을 낮추고 또 낮추어

　겸허하게 세상을 맞아들여야 한다는 것을.

5

사랑이 나에게
가르쳐 준 것들

사랑은 겸손을 말하네.
나를 앞세우지 말고
사랑하는 이의 뒤편에 서서
사랑하는 이를 높여주는 것이라네.

사랑은 믿음을 일러 말하네.
믿음은 사랑으로 오고
그 믿음으로
사랑은 키가 자라네.

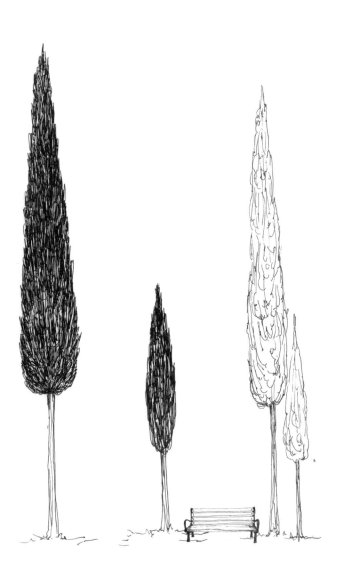

힘들 땐 잠깐
쉬었다 가도 괜찮아

요즘 많이 힘들지요?
생각하는 대로 잘 되어주지도 않고,
열심히 하는데도 티도 안 나고,
무엇하나 맘먹은 대로 되는 게 하나도 없다고
생각이 들 때가 있을 거예요.

그런데도 그런 모습 보이기 싫어
답답해서 미칠 것만 같은 마음을 꼭꼭 숨기느라
너무 애쓰지 말았으면 해요.
인생을 살아오면서 수없이 느낀 건데
그런다고 달라지는 건 없으니까요.

힘들면 억지로 하려고 하지 말고,
그 자리에서 잠깐 쉬었다가도 괜찮아요.
아무 생각하지 말고 밀렸던 잠을 자도 좋고,
목적지를 정하지 말고 한 2박 3일 다녀와도 좋고,
재밌는 뮤지컬을 보거나 영화를 보거나
책을 보거나 음악을 듣거나

그동안 지친
몸과 마음을 최대한 편히 쉬게 해주세요.

맑은 날이 있으면
흐린 날도 있고, 비 오는 날도 있고,
장마가 지기도 하고, 폭풍이 치는 날도 있지만
또다시 맑고 푸른 날이 우리를 반겨주잖아요.

삶도 기분 좋은 날이 있으면
기분 나쁜 날도 있고, 즐겁고 신나는 날이 있으면
슬프고 우울한 날도 있고,
웃는 날이 있으면 짜증 난 날도 있지만
우리는 또다시 그 길을 가야만 하고 가게 되잖아요.

그래요.
인생이란 이런 과정을 거치면서
성숙하게 열매를 맺게 하지요.
쉽게 인생을 살려고 해도 안 되겠지만,
무리를 하면서 억지로 해도 안 될 때가 많아요.

그러니까 자신에게 주어진 일을 할 땐 성실히 하되
힘들고 어려울 땐 잠깐 쉬었다 가도록 해요.

그러다 보면 어느 순간 자신이 바라는 날이 오지요.

혹여, 오지 않는다고 해도 기죽지 말아요.

적어도 자신에게 최선을 다했으면 그것만으로도

부끄럽지 않은 인생을 산 증거로써 충분하니까요.

가을 우체국

가을 우체국 앞에 서면
나는 이름 모를
누군가의 편지가 되고 싶다.

그래서 누군가가 간절히 그리워하는
그 누군가에게 빛의 속도로 날아가
누군가의 마음을 전해주고 싶다.

가을 우체국 앞을 지나칠 때면
나는 한 번도 본 적이 없는
누군가의 사랑의 엽서가 되고 싶다.

그리하여 누군가가 그리도 사랑하는
그 누군가에게 바람처럼 달려가
누군가의 사랑을 전해주고 싶다.

가을 우체국 앞에 서면
나는 언제나 누군가의 사연을 담은
따뜻한 편지가 되고 싶다.

프리지어 향기

생일날 제자들이 선물한
프리지어 꽃다발이 놓여 있는 작업실이
프리지어 향으로 가득하다.

어느 시인은 동시童詩에서
귤 한 개가 방을 가득 채우고
방보다 크다고 했는데,

프리지어 향에
제자들의 정성이 더해진 까닭이리다.

그 어떤 꽃향기가 곱고 예쁜 정성에 비하랴.

사람이 꽃보다 아름답다는
어느 가수의 노래처럼
사랑과 정성이 가득 담긴 사람의 향기가
만고천하萬古天下에서 제일인 것을.

그날 하루

나도 작업실도 프리지어 향에 흠뻑 잠겼다.

삶

삶의 끝자락에
서 본 사람만이 안다.

삶이 그 얼마나
찬란한 고독인가를.

삶의 끝자리에서
울어 본 사람만이 안다.

삶은 그 자체만으로도
축복이라는 것을.

삶 2

삶에 대해
불평하기 전에

삶을 위해
자신이 무엇을 했는지를
먼저 생각하라.

삶 3

삶은
절대 허술하지 않다.

삶을 속이려 하지 말고,
삶 앞에 진실하라.

삶 4

삶은
내가 하는 것만큼만 준다.

하지만 삶은
최선을 다하는 자에게는,

생각지도 못한
보너스를 두둑이 내어준다.

앵무새는 울지 않는다

물품을 사기 위해 마트에 갔습니다.

화장품 코너 판매원이 소리 높여
화장품을 홍보하고 있었지만 사람들은 관심 없이
판매원의 목소리를 뚫고 지나갔습니다.

하지만 판매원의 목소리는 조금도
작아지지 않았고 계속 홍보에 열중했습니다.

얼마 후 물품을 사서 나오는데도

여전히 판매원은

앵무새가 되어 목이 쉬도록 외쳐대고 있었습니다.

나는 보았습니다.

앵무새는 포기하지 않고 울지 않는다는 것을.

집으로 돌아오는 내내

판매원의 목쉰 소리는 내 귓가에 매달려

앵무새가 되어 지저귀었습니다.

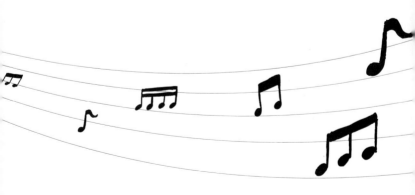

행복하게
살기를 바란다면

삶은 기쁨과 슬픔,
용서와 화해,
즐거움과 아픔이 늘 공존한다.

행복하게 살기를 원한다면
이 모두와 친구가 되어야 한다.

그래도 인생은 살아볼 만해

사는 게 왜 이렇게 힘들고,
왜 이렇게 불공평하냐고 말하지만
사는 게 쉽다면 삶에 대한 즐거움도
감사함도 모르게 될 거야.

항상 즐겁다고 해 봐.
작은 어려운 일에도 쩔쩔매게 되고
조금만 힘에 부쳐도 못 살겠다고
불평불만을 늘어놓게 될 거야.

삶은 늘 일정하게 흐르는 강물이 아니야.
맑았다 비가 왔다
더웠다 춥기를 반복하는 날씨처럼
오늘과 내일이 다르기를 반복하지.

그렇다고 해서
징징대고 불평해도 달라지는 건 없어.
삶은 자애로운 어머니 같다가도

매정하게 등을 돌리고 떠나는 연인과도 같거든.

삶이 힘들면 더 악착같이 사는 거야.
삶은 이런 사람에게는 꼼짝 못 하거든.

지금껏 살아오는 동안
수많은 눈물과 한숨도 있었지만
웃음과 가슴이 벅찰 만큼 행복도 있었지.
그런데 한 가지 분명한 것은
이런 일이 순환 열차처럼
삶의 레일을 달려가면서 반복된다는 거야.

지금의 내가 있을 수 있는 건
힘들다고 느끼면서도
묵묵히 견디며 헤쳐 왔기 때문이지.

그래, 삶은 그런 거야.
그 어디에도 안락한 의자와 같은 곳은 없어.
좋아 보이고 편해 보이는 것엔
그만한 땀과 시간을 들여야 하거든.

다시 말해 삶에는 공짜가 없다는 거야.
자신이 원하는 인생을 살고 싶다면

자신의 인생에게 그만큼의 대가를 지불해야 돼.

그러니까 욕심부리지 말고
자신이 좋아하는 것을 하면서 즐겁게 사는 거야.
남의 떡은 더 커 보이는 법이니까
남들처럼 살려고 하지 말고 나를 살아.

그러면 돼.
그래도 인생은 살아볼 만하니까.

맑은 날씨 같은 삶

우리는 저마다

누군가의 생애에

맑은 날씨 같은 삶이어야 한다.

한번 지나간 시간

한번 지나간 시간은

매몰차게 등 돌리고 떠나버린

연인과 같다.

활짝 핀 꽃이 돼라

흔들리지 않는 인생은 없다.

흔들려 봐야 인생을 알게 되리니,

흔들림을 염려하지 마라.

참된 인생은 흔들리면서 거듭난다.

그런 까닭에

흔들리면서도 활짝 핀 꽃이 돼라.

사랑이 나에게
가르쳐 준 것들

사랑은 겸손을 말하네.
나를 앞세우지 말고
사랑하는 이의 뒤편에 서서
사랑하는 이를 높여주는 것이라네.

사랑은 믿음을 일러 말하네.
믿음은 사랑으로 오고
그 믿음으로
사랑은 키가 자라네.

사랑은 용서를 말하네.
분노하는 마음이 이성을 잃게 해도
마음을 가다듬어
차분히 용서를 하라 하네.

사랑은 침묵을 일러 말하네.
말이 앞서 사랑하는 이 마음에
상처를 남기지 말고

침묵으로 평안을 주라 하네.

사랑은 칭찬을 말하네.
작은 일에도 칭찬을 아끼지 말고
사랑하는 마음을 담아
미소 지며 칭찬을 하라 하네.

사랑은
나를 드러내지 않으며
한 발 물러서서 바라보게 하고
서두르지 아니하며
탐내지 않으며
차분히 기다리는 마음이라네.

사랑은
최악의 상황에서도
슬픔은 안으로 삭이고
고통은 나누며
격려와 용기를 주는 것이라네.

사랑은
모든 것을 포용하며
모든 것을 참으며

모든 것을 배려하는

생의 원천이라네.

마음의 영토

사람은 누구에게나
자신만의 영토가 있다.
그 영토는 눈에 보이지 않으나
그곳에 꿈을 심고,
행복을 심고,
기쁨을 노래한다.
마음의 영토,
그곳에 네게 맞는 것으로써 심어라.
행복이란
풍성한 열매를 수확하게 될 것이다.

인생의 꽃

누가 나를
행복하게 해주겠지,
하고 바라지 마라.

그것은
어리석은 질문을 하는 것과 같다.

행복은
스스로 찾는 인생의 꽃이다.

행복이 있는 곳

행복은

물질의 부피에 있지 않고

삶의 질에 있다.

6

겨울
나무

겨울나무는 순박하고 겸손하다.
겨울나무는 서로를 품어주므로
한겨울을 이겨낸다, 어리석고 탐욕스러운
구석이라고는 그 어디에도 없다.
겨울나무를 바라보는 피곤에 지친 내 눈빛 사이로
파란 겨울 하늘이 웃고 있다.

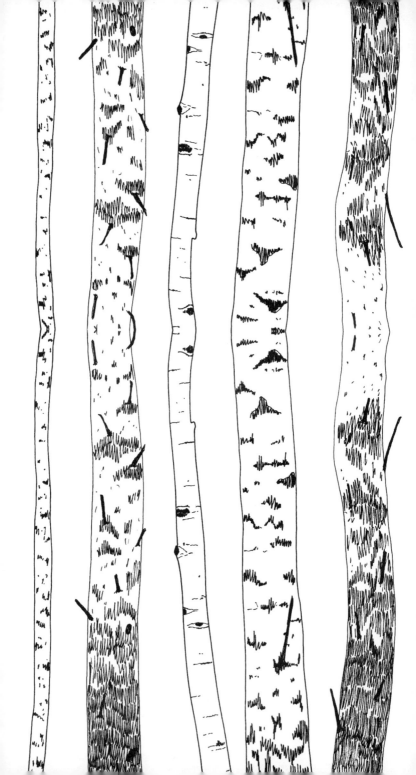

겨울나무

겨울나무는 순박하고 겸손하다.
겨울나무는 서로를 품어주므로
한겨울을 이겨낸다, 어리석고 탐욕스러운
구석이라고는 그 어디에도 없다.
겨울나무를 바라보는 피곤에 지친 내 눈빛 사이로
파란 겨울 하늘이 웃고 있다.
겨울 산은 겨울나무로 둘러싸여 행복하고
겨울나무는 겨울 산이 품어주어 따뜻하다.
창백한 시간 속에서도 끊임없이 꿈을 엮어
빈 들판을 따뜻하게 하는 겨울나무처럼
우리는 사랑하는 이에게 그 무엇이 되어야 한다.

친절

친절은

인간관계를 선하게 이끌어 주는

목자牧者와도 같다.

가을

가을은

거대한 시 창작 교실이다.

그래서 가을이 되면

누구나 한번은 시인이 된다.

한 그릇의 밥

한 그릇의 밥이 되기 위해서는

수많은 사랑과 정성, 인내가 필요하다.

한 그릇의 밥은

위대한 존재의 양식이며 생명의 원천이다.

한 그릇의 밥을 위해 날마다 기도하라.

목숨

밥벌이 되는
글을 쓰다 보니 한동안 시를 쓰지 못했다.

그래서일까,
그 어떤 보이지 않는 무게가 짓눌러대는지
요즘 들어 가슴이 답답하고 숨이 턱까지 차오른다.
이러다간 필시 숨이 멎을 것만 같다.

시는 내 영혼의 푸른 깃발

깃발은 힘차게 펄럭일 때 깃발다운 것
펄럭이지 못하는 깃발은 더 이상 깃발이 아니듯,
시를 쓰지 않는 시인은 더 이상 시인일 수 없다.

시가 나를 떠날까 봐 두려워진 나는
새벽 두 시,
연필을 깎아 정결한 마음으로
기도 하듯 내 목숨 같은 시를 쓴다.

최악의 적

게으름과 무지는

자신의 인생을 가로막는

걸림돌이자

최악의 적이다.

죽은 벌레를 위한 기도

추운 겨울 어느 날
베란다 바닥에 벌레 한 마리 죽어 있다.

저 작고 여린 몸으로
한평생을 버티며 살다 주검으로 남았다.

죽는다는 것은 온몸에
물기가 말라버리고,
온 생애의 물기가 말라버리는 것일까.

나무껍질처럼 빳빳하게 굳어버린
새끼손톱만 한 벌레의 사체를
휴지에 곱게 싸아 쓰레기통에 버렸다.

우리 또한 언젠가는 물기 말라버린
생애의 마지막 날을 맞게 될 것이다.
그날, 누군가의 생애에 짐이 되지 않는
생이 되어야 하느니,

벌레여, 부디 바라노니 잘 가거라.
네가 가는 그곳에선
푸른 피 돋는 맑은 생으로 거듭나거라.

아, 겨울 하늘이
푸른 바다보다 깊고 푸르다.

길

처음 가는 길도 당당하게 가자.

죽음에 이르는 길도

전생全生을 끌고 간 이들도 있음을 기억하자.

길은 걸어가는 자를 위해 있는 것이다.

무욕無慾

비울 줄 아는 자만이
채움의 진정한 즐거움을 안다.

내려놓을 줄 아는 자만이
참 소유의 가치를 알게 된다.

무욕은
비워냄으로써 채우는 것이다.

참사람

시인과 작가는
문행일치文行一致
즉, 글과 사람이 하나가
되어야 하고,

학자는
학행일치學行一致
즉, 학문과 사람이 하나가
되어야 하고,

진정한 인격자는
언행일치言行一致
즉, 말과 행동이 사람과 하나가
되어야 하느니,

이것이 바로
참사람에 이르는 길이다.

사월의 공원 벤치

투표를 마치고
투표장 옆에 있는 공원 벤치에 앉아
하르르르 쏟아져 내리는
봄 햇살을 맞는다.

좋다.

봄바람은 서늘하니 좋고
풀꽃 같은 아이들의
해맑은 함박웃음이 좋고
푸르른 봄날 오후
잔잔한 호수 같은 평온함이 참 좋다.

좋다는 것은
그것이 무엇이든
그것만으로도 충분한 행복이다.

첫눈

하늘이 지상으로 띄운 연서戀書이다.

시월

시월은

미숙한 나를 철학자가 되게 한다.

집

너의 가슴에
집을 지은 그 날 이후

한시도 거르지 않고
집을 찾았네.

오색 빛 등불이 걸려 있고
보랏빛 향기 진동하는
네 가슴 속에 지은 집.

너의 가슴에
집을 지은 날부터
한시도 잊음 없이
집을 찾았네.

별이 꽃등으로 걸려 있고
무지갯빛 아롱져 더욱 싱그러운
네 가슴 속에 세운 집.

내 인생에게 감사하는 사람

일생을 살아가는 동안
내 인생에게
감사하는 사람이 되자.

먹는 것, 입는 것,
내가 만나는 모든 것들이
나를 감사하게 하고
풋풋한 행복을 누리며
그 행복과 감사한 마음을
꿈을 잃고 헤매 도는 이들에게
활짝 웃으며 나누어 주는 사람이 되자.

인간의 삶이란
큰 산을 오르는 것 같고
때론 망망대해를 지나가듯
끝이 보이지 않는 막연함에
지척을 분간하지 못하는 안개와 같은 것
그러나 누구나 그 길을 걸어갈 수밖에 없는

숙명적인 인생의 길.

삶이 나를 힘들게 하고
자꾸만 험한 길로 끌고 가고
견딜 수 없는 배반으로
내 목숨이 위협 받는다 해도
자신의 인생에게 결코
굴복당하지 않는 사람이 되자.

백 년도 안 되는 인생길에서
사랑을 하고 이별을 하고 방황을 하고
홀로 떠도는 바람처럼 슬피 울어도
툭툭 털고 일어나는 의지와 지혜로
내 인생에게 감사하는 사람이 되자.

자신의 인생에게
뜨거운 감사를 보내는 사람이란
그 얼마나 아름다운 생애인가
내게 주어진 길을 초연히 걸어가며
행복이란 이름으로 나를 살자.

세월은
브레드가 아니다

세월은 브레드처럼 두었다가
필요할 때 먹는 것이 아니다.
이 순간이 지나면
지금의 이 순간은 이미 사라지고 없다.
후회 없는 인생을 살고 싶다면
지금 이 순간
자신이 하고 싶은 것에 매진하라.

편지

누군가에게
편지를 쓸 대상이 있다는 것만으로도
그 사람은 행복하다.

필요에 따라 사는
내가 돼라

필요에 따라 살면
문제 될 것이 없다.
그러나 욕망에 따라 살려고 하기 때문에
문제가 발생하는 것이다.
필요는 마땅한 일이나
욕망은 뜬구름과도 같다.
그렇다.
필요에 따라 살 때
삶은 기쁨으로 화답할 것이다.